AF290703

Anthologie

Denn es war Sommer …

Die schönsten Sommergeschichten

Viola Klostermann

Harry Banaszak

S. Heichel

Ina May

Fianna Cessair

Julia Franz

Sabine Kuchler

Inhalt

Viola Klostermann

Les Photos du Paris

»Excusez-moi, madame!«, höre ich eine Stimme sagen.

Ein kleiner Mann mittleren Alters drängt sich an mir vorbei. Er öffnet breit lächelnd seine Arme und schließt die alte Schachtel, die mich während der sechsstündigen Fahrt mit ihrer Anwesenheit im Sitz neben mir beglückt hat, in seine Arme.

»Oh Maman, wie war deine Reise?«, erkundigt er sich betont freundlich.

»Na, diese Züge werden ja auch immer enger. Überhaupt ist das alles eine Zumutung. Eine Dame meines Alters sollte nicht so reisen müssen«, echauffiert die Schreckschraube sich. »Du hättest mir ruhig den Flug zahlen können.«

Er lässt die gemeinen Sticheleien lächelnd über sich ergehen und stemmt stattdessen mit erstaunlicher Leichtigkeit ihren großen Koffer.

Ich wende mich mit einem Anflug von Abscheu von dieser grotesken Herzlichkeit ab und atme tief ein.

So riecht nun also Paris. Nach Ruß, Schmutz und Schweiß, Croissants und druckfrischen Zeitungen, Hektik, langem Warten und Ankunft, aber vor allem riecht es verheißungsvoll nach Freiheit.

Es ist nicht die Freiheit, die man verspürt, wenn man ein leeres Blatt Papier vor sich hat.

Nein, es ist mehr, als erstreckte sich ein unendliches Gemälde voller Farben, Gerüche und Geräusche vor mir, und das Schicksal reicht mir schmunzelnd ein Glas mit Zukunft, das ich sorgfältig darauf verteilen darf.

Ein kleines Lächeln umspielt meine Lippen und ich mache mich beschwingt auf, denn im Gegensatz zur Schreckschraube habe ich nur eine Reisetasche bei mir, auf dem Weg zur Métro. Alles ist so anders hier und meine Laune verbessert sich von Minute zu Minute. Das hält sogar noch an, als ich das winzige Zimmer einer heruntergekommenen Pension in der Rue Boulard betrete – das schäbige Mobiliar kann nichts an meinem Lächeln ändern.

Ich werfe meine Sachen achtlos aufs Bett und lasse mich daneben fallen. Hier ist es zum ersten Mal seit über zehn Stunden still. Aber sehr lange halte ich die sanften Liebkosungen der Ruhe nicht aus.

Voller Tatendrang springe ich auf und beginne in meiner Tasche zu kramen. Besonders viel ist nicht darin, doch jedes Stück davon hat eine ganz besondere Bedeutung für mich. In dieser Hinsicht war ich wohl schon immer komisch. Während die anderen Mädels aus meiner Klasse sich mit Klamotten und Schmuck eindecken, bleibe ich lieber zu Hause und lese. Eigentlich entspreche ich sogar der Klischeebeschreibung eines Strebers. Aber das bin ich nicht. Nein, ich bin Mia. Einfach nur Mia.

Etwas Grünes hat sich in dem Kleiderknäuel nach oben geschoben. Es ist mein Lieblingstop. Ich streife es über, entledige mich meiner zerknitterten Reisejeans und wähle stattdessen einen kurzen Rock. Sommer in Paris. Genau so fühlt sich das auf der Haut an. Nach ein paar Minuten der planlosen Suche habe ich endlich auch meinen Kulturbeutel aus dem Chaos geangelt und mache mich auf in das winzige Kämmerchen, das sich Badezimmer nennt.

Aus dem fleckigen Spiegel blickt mich ein kleines, zierliches Wesen an. Leuchtend grüne Augen, die vor Klugheit und Charme funkeln, wie meine Mama findet. Ich finde sie einfach nur nervtötend auffällig, genauso wie meine wilden Locken, die unzähmbar mein Gesicht umrahmen und dort munter vor sich hinwuchern.

Es ist nicht so, dass ich mich hässlich finde. Ich weiß auch, dass mir oft Jungs hinterher schauen, doch sie waren mir bisher alle egal. Alle bis auf einer.

Dieser eine ... na ja, ich bin hier, um das zu vergessen!

Ich strecke meinem Spiegelbild die Zunge heraus, spritze mir ein wenig kaltes Wasser ins Gesicht und gehe zurück zum Bett. Dort werfe ich ein paar Dinge in meine bunte Umhängetasche und hole schließlich mein Heiligtum aus der Reisetasche. Es ist eine wirklich teure Spiegelreflexkamera, die ich zum letzten Zeugnis bekommen habe. Wie üblich war meine ganze Familie bei dem Anblick von ausschließlich Einsen in Ekstase geraten. Mir bedeutet das nichts. Ich lerne nicht, um gute Noten zu schreiben, sondern um die Welt zu verstehen. Dass es mir mehr als leicht fällt, ist dabei eine recht nützliche Gabe, aber doch keinen Applaus würdig. Trotzdem ist die Kamera zu meinem wertvollsten Schatz geworden und Fotografieren meine glühendste Leidenschaft. Auf

Fotos kann ich die Wirklichkeit in grausamer Schönheit unverfälscht einfangen, sie konservieren und zu Kunst machen. Zu meinem großen Erstaunen habe ich durch die Fotografie gelernt, dass nicht Schönheit ein Bild perfekt macht, es ist das Hässliche, Unvollkommene, das dir den Atem raubt. Vor allem Menschen zu fotografieren finde ich spannend und damit meine ich keine gestellten Porträts. Oft finde ich die Perfektion der Unvollkommenheit, wenn ich einfach nur die Menschen auf den Straßen betrachte und eher ziellos Momente einfange, die in ihrer Flüchtigkeit vorüberflattern, am spannendsten.

Meine Finger kribbeln schon bei dem Gedanken an die neue, aufregende Stadt und all die wundervollen Bilder, die nur darauf warten, erkannt zu werden. So verstaue ich auch mein Heiligstes in der kunterbunten Umhängetasche und laufe leichten Fußes die Treppe hinunter.

Das Kopfsteinpflaster der Rue Boulard glänzt im Sonnenschein und die Menschen rennen geschäftig hin und her. Ich verweile kurz auf einem Wochenmarkt, der in einer kleinen Seitenstraße stattfindet, und erfreue mich an den feilschenden Händlern und tratschenden Hausfrauen, aber vor allem an der Ungezwungenheit der Szene. Auf eine seltsame Art und Weise gibt mir das Geschehen hier mehr Geborgenheit, als ich seit langem erfahren habe und ich muss mit den Tränen kämpfen.

Schließlich treibt es mich doch in die Innenstadt. Zwischen all den anderen Touristen flaniere ich auf der Champs-Élysées, bestaune den Arc de Triomphe, den Place de la Concorde und natürlich La Tour Eiffel. Entgegen meinen Erwartungen sind das keineswegs abgedroschene Klischees, sondern tiefergreifende Momente, die sich auf meinen Fotos widerspiegeln. Menschen, die lachen, mit großen Augen die Kunst im Louvre bestaunen und Souvenirs für die Daheimgebliebenen kaufen. Menschen, die mit einer so entwaffnenden Lebensfreude auf meinen Bildern strahlen, dass ich es kaum glauben kann.

Es kommt mir vor wie der wundervollste Traum meines Lebens und ich bete, dass ich niemals daraus aufwachen möge.

Als ich mich auf meinen Weg zum Sacré-Coeur mache, begegne ich einer Gruppe junger Menschen, die einfach so, mitten auf dem Platz vor der berühmten Basilika, einen Kreis um einen Gitarrenspieler gebildet haben und tanzend aus voller Kehle ein Loblied singen. Sofort drücke ich den Auslöser meiner Kamera, doch es ist schier unmöglich diese wundervolle Szene in all ihren schillernden Emotionen auf ein simples Foto zu bannen, und so bleibe ich einfach staunend stehen.

Die Zauber von Paris scheinen niemals enden zu wollen und so bemerke ich plötzlich, dass es zu dämmern begonnen hat. An einem kleinen Stand kaufe ich mir den schokoladigsten Crêpe, den Paris zu bieten hat und erst jetzt fällt mir auf, dass ich den ganzen Tag nichts gegessen habe und quasi vor Hunger sterben könnte.

Auf einer Mauer sitzend betrachte ich voller Melancholie, wie die Sonne über Paris untergeht. Dieser Moment könnte ewig währen, denke ich, als sich plötzlich eine Gestalt zu mir gesellt.

»Salut!«, grüßt mich eine samtige Stimme in singendem Französisch. Ich wende meinen Kopf und sehe einen hübschen, dunkelhäutigen jungen Mann neben mir auf der Mauer. Er hat lange Dreadlocks, in die bunte Perlen geflochten sind. Sein Gesicht ist voller Freude, seine Augen blitzen lustig und sein Mund ist zu einem breiten Grinsen verzogen. Er muss sehr trainiert sein, denn unter dem Stoff seines blauen T-Shirts zeichnen sich deutlich Muskeln ab.

Erst jetzt wird mir bewusst, wie offensichtlich ich diesen gutaussehenden Fremden anstarre, schließe schnell meinen Mund und blicke wieder zur Sonne, die nun schon fast gänzlich untergegangen ist.

»Sprichst du nicht mit mir? Ich beiße bestimmt nicht.« Er lacht. Es ist ein Lachen, das die Sonne augenblicklich wieder aufgehen lässt und ich muss einfach mitlachen.

»Tut mir leid. Du hast mich ein bisschen erschreckt«, antworte ich kichernd.

»Wirklich? Nun, das ist aber auch ganz allein deine Schuld, wenn du so tief in deinen Gedanken versinkst.«

Ich wende mich ihm zu. Seine Augen mustern mich wachsam und mit großem Interesse, während er ganz entspannt im Schneidersitz auf der Mauer Platz genommen hat. »Ich heiße Jerôme. Ich wohne da unten. Wer bist du und aus welchem magischen Reich kommst du kleine, traurige Elfe?«

Die Wärme in seiner Stimme lässt mich schaudern.

»Scherzkeks. Ich bin ein ganz normales, langweiliges Mädchen aus dem langweiligen Deutschland mit dem langweiligen Namen Mia.«

»Ah, Mia. Es ist mir eine Freude«, sagt er und reicht mir seine

Hand. Sie ist so groß und kräftig, dass die meine darin völlig verschwindet, doch er hält sie sanft und zart, wie ein junges Vögelchen. Mein Herz beginnt auf einmal wild zu klopfen, schnell ziehe ich meine Finger zurück.

»Erzähl mir, was dich traurig macht, kleine Elfe.«

Ich weiß nicht, was es ist, doch irgendetwas bringt mich dazu, Jerôme zu vertrauen.

»Ich habe mein Herz verschenkt und verloren. Jetzt bin ich auf der Suche nach dem Leben«, flüstere ich. Einen Moment schweigen wir beide und ich beobachte ihn aus dem Augenwinkel.

»Kann ich ein Foto von dir machen?«, platzt es da aus mir heraus. Jerôme nickt lächelnd.

»Du machst also Fotos? Ich hoffe keine langweiligen Touristenbilder, so wie ich?«, sagt er lachend und winkt mit einem Skizzenblock, auf dem er anscheinend Erinnerungsporträts für Touristen anfertigt.

»Nein, ich fotografiere das, was mich fasziniert«, antworte ich ebenfalls lächelnd.

»Das heißt also, dass ich dich fasziniere?«, flüstert Jerôme schelmisch und rückt ein ganzes Stück näher an mich heran. Ich werde rot und blicke zu Boden. Aber es ist wahr.

Eine ganze Weile bleiben wir so sitzen. Schließlich murmelt er: »Ich werde dir bei deiner Suche helfen, kleine Elfe.« In dem Moment verblassen die letzten Strahlen der Sonne und die Nacht breitet ihren zarten Mantel aus über Paris, der Stadt der Liebe.

Harry Banaszak

Die etwas andere Mentalität

Blauer konnte der Himmel nicht sein als in Giniginamar, und die Sonne nicht freundlicher, und das Meer überwältigender. Hans K. war Tourist und mit seinem Mietwagen auf Tour. Er hatte den Ort auf dieser Insel nur durch einen Zufall entdeckt.

Giniginamar lag am Ende der Straße zwischen zwei Höhen, ganz dicht am Wasser. Es gab kein Hotel, nur ein paar einfache weiße Häuser, ein paar Palmen und Büsche sowie eine Kirche. Ein Restaurant, wo es guten Fisch zu essen gab, und eine Bodega mit zwei Tischen vier Stühlen und einer riesigen Theke rundete das Ganze ab.

In der Bucht von Giniginamar plätscherten kleine Wellen unterhalb der Häuser, die unwahrscheinlich dicht am Strand standen, so dicht, als gäbe es hier keine Stürme, keine bedrohliche See. Auf dem kurzen Strand aus Kieselsteinen lagen zwei Fischerboote, daneben aufgetürmte Netze.

Dahinter, auf einem Stuhl, der auch schon mal bessere Zeiten gesehen hatte, saß Pedro, der Fischer des Ortes, und blinzelte entspannt in die Sonne.

Auch Hans K. genoss diesen Frieden, die Ruhe und blickte den weißen Möwen nach, die verspielt durch die Lüfte segelten. Er war Tourist, er durfte das, er machte Urlaub. Aber dass dort jemand verträumt rumsaß, der eigentlich als Fischer viel Geld verdienen könnte, das verstand er nicht.

»Hallo!«, sagte Hans K.

»Hola«, antwortete Pedro, und er wusste sofort, dass er einen deutschen Urlauber vor sich hatte. Er freute sich, mal wieder Deutsch sprechen zu können, denn hierher in dieses abgelegene Nest verirrten sich nur selten Urlauber.

Pedro, der früher auf deutschen Schiffen über die Weltmeere gesegelt war, hatte dabei nicht nur die englische, sondern auch die deutsche Sprache gelernt.

Er schob seine Mütze aus dem Gesicht, ließ seine lachenden Augen aufblitzen und fragte: »Na, wie gefällt das Wetter?«

»Gut, gut«, antwortete Hans K., erstaunt darüber, Pedro Deutsch sprechen zu hören. Aber dann kam er gleich auf den Punkt, der ihn beim Anblick des Dorfbewohners Pedro bewegte.

»Sie sind doch Fischer, nicht wahr?«

»Ja, klaro, schon solange ich lebe«, antwortete Pedro freundlich.

»Und, warum sind sie nicht auf dem Meer und fangen Fische? Die könnten sie doch verkaufen, Geld verdienen und neue Boote und Netze kaufen. Sie könnten Leute einstellen und würden als Chef viel Ruhe haben. Und sie könnten Siesta machen, wann sie wollen.«

Pedro sah Hans K. verschmitzt an und grinste noch breiter als vorher.

»Aha«, sagte er nur, »und was mache ich Ihrer Meinung nach jetzt?«

S. Heichel

Last minute Urlaub

Auf dem Weg zum Flughafen brachen mehrere Wolken direkt über dem Taxi. Regentropfen klatschen laut auf die Windschutzscheibe. Binnen Sekunden sah ich nichts mehr. Den Fahrer schien das Unwetter nicht zu stören, er sauste weiter. Ich umklammerte den Türgriff und betete zum Himmel, dass ich wohlbehalten in meinen Traumurlaub starten und nicht mein Leben auf der Autobahn verlieren würde. Erst, als sich vor uns die roten Rückleuchten mehrten und gefährlich näherten, verringerte auch mein Fahrer das Tempo. Viel zu schnell nahm er die Kurve vorm Terminal, eine junge Frau konnte gerade noch zur Seite springen. Er bremste mit quietschenden Reifen und entließ mich in ein deutlich sichereres Leben. Erleichtert atmete ich auf, schnappte meinen Trolley und eilte zum Last Minute Schalter. Was für ein Abenteuer! Die Fahrt mit dem Taxi war nur der Anfang. Schon immer wollte ich erst kurz vor dem Besteigen des Fliegers wissen, wohin die Reise geht! Alle Freunde und Bekannte würden erst mit Erhalt der Postkarte erfahren, wohin es mich verschlagen hatte. Ich freute mich auf Ruhe, Sonne, Sommer, einen fruchtigen Cocktail in der Hand und Meeresrauschen in den Ohren.

Voller Vorfreude wartete ich in der Schlange, als mein Handy vibrierte. Mist, ich hätte es besser ausschalten sollen! Einen Moment zögerte ich. Egal, wer es war, ich könnte behaupten, es nicht gemerkt zu haben. Nichts und niemand würde mich von diesem Urlaub abhalten!

Ich griff nach dem Smartphone und sah auf dem Display den Namen meiner Schwester Betty, die mir bestimmt nur eine schöne Zeit wünschen wollte. Am Vortag waren wir uns förmlich gegenseitig nachgelaufen und hinterließen immer nur Nachrichten auf dem Anrufbeantworter der jeweils anderen.

»Hallo-o, Betty«, flötete ich. »Ich sitze praktisch schon im Flieger. Ich warte nur noch auf mein Ticket ins Paradi-ies!«

»Das habe ich befürchtet«, sagte sie. Ich stutzte.

»Sibi, ich habe nicht viel Zeit, alles zu erklären. Ich muss ins Krankenhaus und ich hab' niemanden für Ben.«

»Ich habe Urlaub!«

»Ich weiß! Deshalb bist du auch die Letzte auf meiner Liste.«

Das junge Pärchen vor mir war fertig, ich rückte nach, war quasi die nächste am Schalter. So nah dem Ticket und gleichzeitig doch so fern. Ich schenkte der Dame am Schalter ein bedauerndes Lächeln und trat einen Schritt zur Seite. Es sah so aus, als würde ich meinen Urlaub nicht im Süden unter Palmen am weißen Sandstrand verbringen, und die Hoffnung auf einen Flirt mit einem braungebrannten Schönling war auch dahin. Stattdessen sah ich mich schon im verregneten Norddeutschland in einer Zweizimmerwohnung mit einem zehn Monate alten Windelpupser sitzen. Super! Nicht, dass ich meinen Neffen nicht abgöttisch liebte, aber …

Ich verließ das Gebäude und hielt Ausschau nach einem Taxi. Es kam prompt eins angerast und ich freute mich, bis ich den Fahrer erkannte und wusste, dass ich zum zweiten Mal am selben Tag mein Leben riskierte.

Das Wetter war wie erwartet schlecht und ich bereits klatschnass, als ich in meinem Heimatdorf aus dem Zug stieg. Betty sah ich gerade so lang, dass sie mir Ben übergeben und das Wichtigste mitteilen konnte, dann machte sie sich auf den Weg, ihre Gallenkolik operieren zu lassen. Und ich war allein mit einem süßen, aber leider zahnenden und seine Mutter schmerzlich vermissenden Baby, das mich nicht nur um den Urlaub, sondern in der folgenden Nacht auch um den Schlaf brachte.

Um acht Uhr morgens trat ich auf den Balkon. Ben schlummerte wie ein Baby, nur ich war völlig übermüdet und übernächtigt. Irgendwann war bei mir der Punkt erreicht, an dem ich beim besten Willen nicht mehr einschlafen konnte, aber trotzdem durchhing. Mit einem so richtig starken schwarzen Kaffee wollte ich mich wieder fitmachen.

Über mir am blauen Himmel strahlte die Sonne und wärmte meine nackten Arme. »Na, ist der kleine Schreihals eingeschlafen?«, hörte ich eine Männerstimme neben mir sagen. Ich wandte den Kopf und blickte in ein lächelndes, gutaussehendes Gesicht, das zu einem blonden Typen gehörte, der lässig an seinem Balkongeländer lehnte. Er hob seine Kaffeetasse, um mir zuzuprosten. »Oder hast du ihm ein Kissen aufs Gesicht gedrückt?«, fragte er mich.

»Wie bitte?«, polterte ich los. Abwehrend hob er die Hände und verschüttete fast seinen Kaffee. »Hey! Ich bin nur hundemüde. Ich würde dem Zwerg nie ein Haar krümmen! Friede?« Er gähnte hinter vorgehaltener Hand und sah dabei so verführerisch aus, dass ich ihm sofort verzieh.

»Ist nicht das erste Mal, dass der Kleine mich um den Schlaf bringt. Aber letzte Nacht war so ziemlich die schlimmste!«

»Tut mir leid!«

»Mir auch. Ich verzeih ihm nur, weil er so herrlich zahnlos lächeln kann.«

»Dann wirst du ihm wohl nicht mehr lange verzeihen. Soll ich schon mal sämtliche Kissen vor dir in Sicherheit bringen?« Verdutzt blickte er mich an. »Seine Zähne waren einer der Gründe, warum er so weinte«, erklärte ich ihm.

»Oh. Na ja, vielleicht kann er seine Tante schicken.«

Meinte er etwa mich damit?

»Sie lächelt mindestens genauso herrlich mit Zähnen.«

Ich fühlte, wie ich rot anlief und mein Herz gleichzeitig heftig zu klopfen begann, bis er hinzufügte: »Auch wenn sie Haare drauf hat.« Er räusperte sich und seufzte. »Tut mir leid. Normalerweise bin ich nicht so unverschämt direkt. Aber du weißt ja: Müde Männer und Kinder sagen immer die Wahrheit.«

Ich trank einen kräftigen Schluck Kaffee und sagte erst einmal nichts. Er übrigens auch nicht. Zumindest für ein paar Minuten, dann fügte er hinzu: »Ich muss los. Die Arbeit ruft.«

»Du musst heute arbeiten?«

»Jepp.«

»Oh je!«

»Halb so wild. Ich arbeite in der Verwaltung und Büroschlaf
ist bekanntlich der gesündeste.« Er zwinkerte mir lächelnd zu.
»Also, bis später!«

Er wandte sich ab. Panisch rief ich: »Warte!«

»Hm?«

»Wie heißt du überhaupt?«

»Tom.«

»Du darfst ruhig weiter direkt sein, Tom. Und als unverschämt
empfinde ich Ehrlichkeit nicht.«

»Okay.« Er lächelte sanft. »Vielleicht sehen wir uns ja heute
Abend.«

Dann verschwand er aus meinem Blickfeld. Schade. Ich hätte
mich gerne noch länger mit ihm unterhalten. Ich tröstete mich
mit der Aussicht auf den Abend.

Gegen Mittag befand Ben, genug geschlafen zu haben. Ich
selbst war auf dem Sofa vor dem Fernseher eingedöst und wurde unsanft von Bens Sirene geweckt. Immerhin hörte er auf,
sobald ich ihn aus dem Bett hob. Und er quengelte auch nur
noch unterschwellig, bis er sein Gläschen verputzt hatte. Danach schenkte er mir das zahnlose Lächeln, von dem Tom ge-
sprochen hatte. Und ich musste zugeben, dass er selbst ein
ebenso hübsches Lächeln hatte. Den Rest des Tages, den wir
fast durchgängig auf dem Spielplatz verbrachten, war Ben das
liebste Kind auf Erden. Wenn er mal weinte, hatte er Hunger
oder eine nasse Windel.

Gegen Abend quiekte und quietschte Ben vergnügt, während
wir um die Wette durchs Wohnzimmer krabbelten und ich dabei
Tiergeräusche machte. Wir waren so laut, dass wir die Türklin-

gel fast überhörten. Es war Tom. Mit Pizza und einer Flasche gekühltem Weißwein stand er vor der Tür. Ich war eigentlich schon total satt von der Tiefkühllasagne, die ich gegessen hatte, aber ich wollte Tom nicht enttäuschen. Und die Pizza schmeckte einfach zu köstlich zu dem Wein, an dem lauen Abend auf dem Balkon, neben diesem wundervollen Mann. Ich fragte mich, wieso meine Schwester ihn sich nicht schon längst geangelt hatte. Bis zu dem Moment am Ende des Abends, als Tom mich küsste.

Ich schwebte förmlich über dem Erdboden, bis Betty mir am Telefon sagte: »Tom ist Bens Vater!« Für mich brach eine Welt zusammen. Alles lag in Trümmern, überall Scherben und Asche.

»Er hat nichts gesagt«, jammerte ich meiner Schwester vor.

»Er weiß es nicht«, entgegnete sie mir.

»Wie konntest du ihm das verheimlichen?«

»Frage ich mich auch jeden Tag.«

»Er hat nicht einmal eine Ahnung?«

»Nein.«

»Betty, er ist doch nicht doof!«

»Es war ein One-night-Stand und leider nicht der Einzige, und ich habe behauptet, ein Diaphragma zu benutzen.«

»Betty!«, rief ich entsetzt aus.

»Ich bin nicht gerade stolz darauf, okay? Marcel hatte sich gerade von mir getrennt, du weißt, wie ich damals drauf war. Ich habe jeden Mann mitgenommen, den ich kriegen konnte und irgendwann war ich schwanger.«

»Wie kannst du dann so sicher sein, dass Tom der Vater ist?«

»Es war der einzige ungeschützte Sex und ich habe Babyfotos

von Tom gesehen. Meine Güte, sieh ihn dir doch nur mal an und dann Ben!«

Je länger ich darüber nachdachte, desto mehr musste ich zugeben, dass es stimmte.

»Betty, liebst du ihn?«, fragte ich meine Schwester.

»Ben? Ja klar, was für eine dumme Frage!«

»Nicht Ben! Tom!«

»Tom?« Betty machte eine lange Pause, die mir gefühlt noch viel länger vorkam. Mein Herz sank in die Hose, weil ich das Schweigen als Antwort deutete. Das war's! Ich hatte mich in denselben Mann verliebt wie meine Schwester. Der Mann, bei dem ich niemals eine Chance hätte, weil er der Vater meines Neffen war. Selbst wenn Betty ihn nicht liebte – wie sollte ich Ben seinen Vater nehmen?

Tom fand mich in Tränen aufgelöst neben einem ebenso aufgelöst heulenden Ben. Erst hinterher ging mir auf, dass er einen Schlüssel zur Wohnung gehabt haben musste. Ich fiel ihm um den Hals und konnte gar nicht aufhören zu weinen. Um meinen verpassten Urlaub, all die entgangenen Chancen in meinem Leben, all die Fehlentscheidungen. Tom die Wahrheit zu gestehen, war nicht meine Aufgabe, aber natürlich wartete er auf eine Erklärung. »Was immer zwischen uns ist, muss aufhören, Tom.«

»Wovon redest du?«

Oh Gott! Wie peinlich! Er sah das Ganze anders als ich!

»Egal«, schniefte ich.

»Wir werden alle ersaufen, weil du das Haus unter Wasser setzt. Es ist nicht egal!«

»Bist du je auf die Idee gekommen, Ben könnte … dein Kind sein?«

Er zögerte mit einer Antwort. »Ich wollte nicht darüber nachdenken. Es hätte alles verändert. Nicht, dass ich mich davor drücken will. Im Gegenteil, ich war ja immer da. Aber, ich war froh, dass Bettina nie etwas gesagt hat. Es war okay für uns beide. Aber, wenn du das jetzt so sagst … muss ich wohl darüber nachdenken.«

»Und sich zu ihr bekennen?«

»Zu meinem Sohn. Mehr nicht.« Ich schluckte und sah ihn traurig an, bis Tom lächelte und hinzufügte: »Und zu seiner Tante, wenn sie mich will.«

Was für ein Urlaub! Und beinahe hätte ich ihn verpasst!

Ina May

Strandpicknick

Ich bin ein Kind und ich habe von nichts eine Ahnung – das ist
es, was viele um mich herum denken …

Aber ich weiß so einiges; wie jedes Kind. Und den Rest, den
kann ich mir ausmalen.

Meine Eltern glauben, nur weil sie mir Essen und Kleidung geben, wäre das genug, es sei völlig in Ordnung so. Von Liebe
haben die doch noch nie etwas gehört.

Deswegen mache ich mir meine eigene Liebe, ihre brauche ich
gar nicht.

So verbringe ich diesen Urlaub an der Ostsee mit allen, die ich
eben auftreiben kann; dem komischen, aber netten Typen, der
frühmorgens am Strand angeschwemmte Sachen aufsammelt
und diese für Schätze hält, der alten Dame in ihren noch älteren
Klamotten, die immer eine Leine dabei hat – den Hund dazu
habe ich noch nie gesehen –, und Annabell, sie ist die Tochter
unseres Vermieters, und alles, woran sie denken kann, ist Sex.
Also, Sex interessiert mich nicht, ich bin auch erst elf, aber sonst
ist sie wirklich nett. Bei ihr bekomme ich immer ein Eis umsonst.

Ich kann das Gezeter schon von weitem hören, meine Eltern
streiten sich mal wieder. Also, ich würde mich schämen, so

laut zu sein. Zu Hause heißt es ja auch immer, denk doch an die Nachbarn. Aber hier kennt uns keiner, und da scheinen die Nachbarn plötzlich niemanden mehr zu interessieren.

Ich bin irgendwann in der letzten Zeit zu »jemandem« geworden, sie nennen mich »den Jungen«, so als gehörte ich nicht länger zur Familie, so als hätten sie mich einfach ausrangiert. Wenn es eines Tages Kinder zu kaufen gibt, dann haben wir zwar auch wieder keine Wahl, aber vielleicht eine bessere Chance auf nette Eltern. Könnte ja sein.

Heute bin ich wieder früh unterwegs. Der komische Typ, der mit dem Strandgut, hat mir erzählt, dass man hier Bernstein fischen kann. Ich weiß nicht so genau was Bernstein ist, aber er klang so, als wäre es ein Wunder der Natur und natürlich ein Schatz. In Gedanken habe ich mir vorgestellt, wie ich ganz viel Bernstein finde und dann furchtbar reich werde. Ich könnte mir ja von dem Geld neue Eltern kaufen.
Na ja, ich bin nicht dumm. Wenn der Kerl schon immer hier wohnt und von dem Bernstein, den er zusammen mit den anderen Sachen so aus dem Wasser fischt, noch nicht reich geworden ist, dann werde ich das sicherlich auch nicht. Aber träumen darf ich ja mal, oder?

Es ist ruhig an diesem Morgen, der Strand ist leer und das Meer katapultiert heftige, kleine Wellen an Land. Da kommt auch schon die alte Dame. Ob ich sie mal nach dem Hund fragen soll? Ich möchte schon, obwohl ich eigentlich nicht neugierig bin.

Als ich mit meinen Eltern vor ein paar Tagen an einem der
Tische gesessen habe, kam sie auch vorbei und meine Mutter
hat sich über sie lustig gemacht. »Die hat doch nicht mehr alle
Tassen im Schrank«, hat sie gelästert.
Ich finde, sie hat in jedem Fall mehr davon in ihrem Schrank
als meine Mutter. Man soll nichts Schlechtes über seine Eltern
sagen, schon klar.
Also, ich werde fragen … heute frage ich sie: »Entschuldigung …
wissen Sie, das ist aber ein netter Hund!«
Ich kann mir denken, dass es blöd klingt und vielleicht wird sie
gleich auch furchtbar sauer.
»Ja, findest du? Er heißt Adenauer. Er ist ein Foxterrier.« Die
alte Dame strahlt, als hätte ich ihr gerade gesagt, dass sie wun-
derschön ist.
Ich überlege ein bisschen hin und her. Adenauer, hm, sagt mir
nichts. Ich kenne jemanden, der seinen Hund Schröder genannt
hat. Das dürfte dann so ungefähr dasselbe sein, oder?
Vielleicht habe ich so ein bisschen das Gefühl, die gemeine
Bemerkung meiner Mutter irgendwie wieder gut machen zu
müssen. Obwohl die Dame samt Hund sie gar nicht gehört
hat, aber ich habe sie gehört und seitdem ist es in meinem
Kopf.

Die alte Dame und ich gehen ein Stück zusammen und wir er-
zählen uns etwas aus unserem Leben. Ihr Name ist Elis und
sie redet tatsächlich mit mir wie mit einem Erwachsenen. Sie
behandelt mich nicht wie jemanden, der nicht alt genug ist, um
eine Bedeutung zu haben. Zu Hause bekomme ich immer nur

dann Beachtung, wenn der Müll sich mal wieder nicht dazu auf-
raffen kann, von selbst zur Tonne zu rennen.
Oder wenn ich meine Mutter bitte, mir einen Kakao zu machen,
weil sie das besser kann als ich. Dann nimmt sie mich ganz
plötzlich wahr, weil Kakaomachen eine Art Arbeit ist.
Elis ist ganz anders. Ich sehe einen Hund, der nicht da ist und sie
sieht … ich weiß nicht wirklich, was sie sieht. Aber das ist auch
eigentlich nicht wichtig. Ich schlendere einfach barfuß durch den
warmen Sand und einen Teil dieser Wärme kann ich tief in mir
drin spüren. Vielleicht besorge ich mir ja auch so einen Hund,
am Namen feile ich noch, vielleicht nenne ich ihn Eisenhower.

»Was meinen Sie, sehen wir uns heute Nachmittag? So um
drei?« Dann ist nämlich Kaffeezeit und da sitze ich normalerweise mit meinen Eltern an einem der Tische im Strandcafé.
Sie nickt, winkt mir zu und dreht sich um, und damit habe ich
eine waschechte Verabredung. Ich stelle mir vor, wie lustig es
werden wird.

Lügen ist ziemlich übel und seine Eltern anzulügen ist noch viel
schlimmer, obwohl sie das manches Mal verdient haben. Nein,
ich mache es nicht. Ich habe so was nicht nötig. Es gibt schon
zu viele Lügen, die die Luft um uns herum verpesten.
Ich sage einfach, dass ich mit einer Freundin spazieren gehe.
Es ist die Wahrheit, die zwar niemanden interessiert, aber ich
sage sie trotzdem.
Wahrscheinlich würden sie sich erst dann Gedanken machen,
wenn die Polizei bei uns auftaucht und mich mitnimmt. Dann

würden sie auf einmal fragen, was ich getan habe. Dabei sollten sie sich mal lieber fragen, was sie nicht getan haben.

Die Zeit geht in einem solchen Urlaub auch nicht schneller vorbei als anderswo. Sie täte es bestimmt, wenn sie einen Anlass hätte; nämlich etwas, dass sie einen vergessen lassen würde. Aber zusammen mit den Eltern beim Kaffee zu sitzen oder sich ihre Streitereien anhören, fällt nicht gerade in diese Kategorie.

Ein bisschen später treffe ich die Tochter des Vermieters, Annabell, die ich schon gesucht habe.
»Du musst bitte etwas für mich tun!«, flehe ich sie an. Ich falte meine Hände und mache ein ganz liebes Gesicht, aber das ist gar nicht nötig, sie hilft mir auch so.
Und gegen Mittag habe ich, was ich wollte. Dafür muss ich nur ihr Zwinkern ertragen und ich kann ja so tun, als wüsste ich nicht, was sie meint.
Wie gesagt, stört meine Nicht-Gegenwart keinen Menschen. Ich kann mich ins Meer stürzen und nach einer Woche würde dann mal jemandem auffallen, dass ich nicht da bin.

Ich kann Elis schon von weitem sehen. Ich habe einen Korb bei mir, mit dem man ein Picknick machen kann und genau das habe ich vor. Es sind leckere Sachen drin und die Rechnung dafür bekommen selbstverständlich meine Eltern. Das habe ich mir verdient und sie sich auch.
In jedem Urlaub sehen sie eine Heldentat. Wir haben es wieder geschafft. In Zeiten wie diesen, trotz all der Schwierigkeiten.

Urlaub ist für sie ein Ereignis, von dem man den Nachbarn berichten kann, selbst wenn es nichts zu berichten gibt.

»Hallo Elis«, sage ich und werfe mich in Pose. Die alte Dame beugt sich ein Stückchen nach unten. »Hey, dein Hund ist aber auch hübsch. Wie ist sein Name? Oder ist es eine Sie?« Elis bewegt ihre Hand leicht durch die Luft. Sie streichelt meinen Hund, natürlich. Den habe ich ja auch an einer Leine, sogar mit Halsband.
Ich habe mein Arrangement sogar mit einem Stück Draht ausgestattet, der es wirklich so aussehen lässt, als würde ein unsichtbares Etwas an dieser Leine laufen.
Ich glaube, mein Lächeln ist selten so großartig ausgefallen. Sie lächelt zurück und dann zwinkert auch sie mir zu.
»Oh, Sie ist ein Er und ich habe ihn Eisenhower genannt. Eisenhower, Sie wissen schon.«
»Na, klar«, ruft sie begeistert.
Wir laufen langsam, denn wir haben es nicht eilig. Der Picknickkorb ist nicht ganz leicht, und unter dem anderen Arm habe ich ja auch noch die Decke und meine Hundeleine, aber ich trage den vollgefüllten Korb wie ein Mann. Den Unsinn habe ich einmal in einem Film gehört. Da ging es aber nicht um Picknickkörbe.
Elis bietet mir wenigstens nicht an, mir helfen zu wollen. Sie glaubt, ich bekomme das schon hin. Das gefällt mir.
Es dauert gar nicht lange, und wir laufen meinen kaffeetrinkenden Eltern genau in die Quere. Hinsehen muss ich einfach, aber nur aus den Augenwinkeln.

Meine Mutter verschluckt sich gerade ganz fürchterlich an ihrem Kaffee. Die braune Brühe läuft ihr übers Kinn und ich bin wirklich begeistert über die Wirkung.

Mein Vater schaut einfach nur blöd, und schaut und schaut.

Das tut er auch noch, als ich in aller Seelenruhe zusammen mit Elis zuerst die Decke und danach all die guten Sachen aus meinem Picknickkorb auspacke.

Die Hunde lassen wir von der Leine, es wird schon keine Beschwerden deswegen geben.

Ich sehe gerade, dass Annabell uns Sekt eingepackt hat. Himmel, wozu das denn? Wir halten uns lieber an Saft und belegte Brote. Es macht einen Wahnsinnsspaß und jetzt ist der Zeitpunkt gekommen, an dem meine Mutter querfeldein rennt, um mir den Spaß gewaltig zu verderben.

»Alexander!«, brüllt sie. Alexander, das bin ich. Ich grinse ihr schon mal entgegen. Wir hätten doch Sekt trinken sollen. Da wäre der Stein des Anstoßes noch gewaltiger gewesen.

»Alexander!«

»Das ist meine Mutter. Ich glaube, sie mag keine Picknicks«, erkläre ich Elis Mutters Reaktion. Ich zucke die Schultern und grinse weiter.

»Ihre Hand wird vermutlich gleich in deinem Gesicht landen und ich werde dann nicht wirklich was für dich tun können«, sagt Elis und ihre Augen sind traurig.

»Machen Sie sich deswegen keine Gedanken«, sage ich.

»Sie haben doch schon was für mich getan.« Ich deute auf die Hundeleine und dann bekommt sie von mir genau das Zwinkern, das die Tochter unseres Vermieters nie und nimmer kriegen wird.

Als nächstes klatscht es dann tatsächlich in meinem Gesicht.
Elis zuckt an meiner Stelle zusammen. Und ich kann einfach
nicht anders … ich muss lachen. Ich lache, wie ich schon lange
nicht mehr gelacht habe, und es tut einfach gut. Und Elis tut das
einzig Richtige – sie lacht mit mir.
Dazwischen bekomme ich noch eine kleine Vorstellungsrunde
hin, ich bin ja schließlich ein einigermaßen höflicher Junge.
»Elis, das ist meine Mutter. Mama, das ist Elis. Und diese beiden … das sind Adenauer und Eisenhower.«
Und irgendwo neben uns fängt ein Hund an zu bellen.

Fianna Cessair

Sommertag

Langsam wird es hell. Sie trägt ihren Morgenrock, der seltsam schimmert, in verschiedenen Rot- und Orangetönen. Verschlafen nimmt sie das Begrüßungslied der Vögel wahr. Noch herrscht Ruhe.

Vereinzelte weiße Wolken bevölkern den Himmel, durchbrochen von dem Kondensstreifen eines Flugzeugs, das in Richtung Süden fliegt.

Bunte Blumen, die in der Stille des Morgens auf sie zu warten scheinen. Noch ist es nicht Zeit, in das gelbe Kleid zu schlüpfen. Erst wenn der zarte Morgennebel sich auflöst und der erwachende Tag dafür sorgt, dass die Tautropfen verschwinden.

Dann wird sie sich auf ihren Weg machen. Die ersten Menschen kommen aus den Häusern. Einige noch in Jacken, andere in Erwartung eines heißen Tages in T-Shirts oder Kleidern. Sie beobachtet die Mienen der Leute.

Manche wirken noch verschlafen, andere gut gelaunt, vor sich hin lächelnd. Aber eines haben alle gemeinsam: Sie eilen ihrem Ziel entgegen. Wer um diese Uhrzeit unterwegs ist, muss arbeiten. Die Spaziergänger wird sie erst später sehen.

Der Tag verliert seine Unschuld: Erwachende Menschen, startende Autos und zufallende Türen stören die Stille und zeigen ihr, dass es Zeit ist, sich anzuziehen.

Sie macht keinen Lärm auf ihrem Weg. Interessiert verfolgt sie, was um sie herum vorgeht, freut sich über jedes Lächeln, das ihr gilt.

Sie mag besonders die Kinder, die nun aus den Häusern kommen, auf dem Weg in die Schule.

»Hoffentlich wird es richtig warm, dann kriegen wir heute bestimmt hitzefrei und können ins Schwimmbad«, hört sie die Kinder rufen.

Sie genießen den Sommer, freuen sich auf die Ferien, die bald beginnen.

Ihr Weg führt sie quer durch die Stadt, hinaus aufs Land. Dort liegen Felder in vielen Farben vor ihren Augen. Das saftige Grün der Wiesen, versehen mit den bunten Farben der Wildblumen, Getreide, bei dem das Grün langsam in die typische hellbraune Färbung übergeht, dicht daneben ein leuchtend gelbes Sonnenblumenfeld.

Die Vögel suchen in der zunehmenden Wärme Schatten in den Bäumen und Hecken, während Pferde und Katzen sich in der Sonne räkeln.

Sie kommt an einem Garten vorbei, in dem die Pflanzen die Köpfe hängen lassen. Ihre Augen verdunkeln sich vor Zorn. Warum gießt niemand diese Pflanzen? Ihr kommen die Tränen angesichts dieser Gleichgültigkeit.

Kurz darauf sieht sie einen See. Das Licht bricht sich funkelnd im Wasser. Der Anblick der Enten zaubert wieder ein Lächeln auf ihr Gesicht. »Köpfchen in das Wasser, Schwänzchen in die Höh`«, sie ist versucht, das alte Kinderlied zu singen.

Jetzt ist es an der Zeit, eine Pause einzulegen. Die Leute kommen aus Büros und Fabrikhallen und machen Mittagspause. Manche hetzen schnell los, um Besorgungen zu erledigen, andere setzen sich irgendwo hin und genießen die Unterbrechung ihrer Arbeit, bevor sie zurück müssen. Allen ist anzumerken, dass sie sich auf den Feierabend freuen, auch wenn es noch einige Stunden dauert.

Kinder stürmen jubelnd aus der Schule. Sie haben hitzefrei bekommen. Jetzt können sie den Rest des Tages mit Spielen oder Schwimmen verbringen.

Und es dauert auch nicht lange, da kann sie die spielenden Kinder beobachten. Sie laufen ins Wasser, spritzen sich gegenseitig nass und freuen sich, wenn die Wasserfontänen in Regenbogenfarben glitzern. Die Kleinen haben noch einen Blick für diese Schönheiten.

Ihr Weg führt sie weiter, vorbei an Parks, in denen die jungen Leute auf der Wiese liegen und die älteren sich ein schattiges Plätzchen auf einer Bank unter Bäumen gesucht haben.

Überfüllte Eisdielen zeigen die Gegensätzlichkeit der Menschen. Entspannte Genießer treffen auf gestresste Kellner und Mütter. Und immer mittendrin die Kinder. Nur wenige von ihnen quengeln, leicht bekleidet, scheinen sie der Welt Leben einzuhauchen. Der Geruch von Holzkohle macht ihr bewusst, dass für die meisten Menschen der Arbeitstag zu Ende ist. Jetzt erledigen sie die letzten Einkäufe, um dann auch endlich den Sommertag zu genießen.

Bald darauf sieht sie die ersten Leute barfuß oder in Flip-Flops im Garten, auf Balkonen oder Terrassen.

Sie spürt, dass die Hektik des Tages nachlässt. Entspanntes Durchatmen, mit kühlen Getränken und sommerlichem Essen. Wieder sind sie dem Urlaub einen Tag näher gekommen. Jetzt im Sommer können sie die Helligkeit und die Wärme auch nach Feierabend draußen genießen.

Verwundert sieht sie viele Menschen aus der Stadt fahren. Was haben die vor? Dann fällt es ihr ein: Sie wollen zu einer Sportveranstaltung! Das gehört – wie Konzerte – zu den Dingen, die den Sommer besonders machen.

Langsam wird sie müde, aber sie weiß, dass sie noch ein Stück Weg vor sich hat. Weiter geht es, vorbei an Häusern, in denen langsam wieder Ruhe einkehrt. Kinder werden ins Bett gebracht, die Erwachsenen bleiben noch eine Weile draußen sitzen, weit weg von der Hektik des Tages, sie kommen zur Ruhe.

Jetzt ist auch sie langsam an ihrem Ziel angekommen. Sie trägt ihr Abendkleid, in sanften Rottönen, noch einmal ist ihr Lächeln zu sehen, dann begibt sie sich zur Ruhe und überlässt die Welt ihrem Bruder.

Für die nächsten Stunden wird er, der Mond, über die Welt wachen …

Julia Franz

Es ist Sommer

Es ist Sommer. Die Sonne brennt auf meiner Haut. Ich liege am Strand und beobachte die Männer beim Volleyball. Verzückt von dem Spiel ihrer Muskeln kann ich die Augen nicht von ihnen lassen.

Würde doch nur der Ball in meine Richtung fliegen und die Männer so auf mich aufmerksam werden, hoffe ich sehnsüchtig.

»Lara?«, höre ich eine Stimme sagen.

»Mmh?«, frage ich verträumt und schüttel leicht den Kopf, um meine Gedanken zu ordnen. Meine kleine Schwester, ihren Mann und ihre Kinder habe ich vollkommen vergessen, während ich die süßen Kerle gestalkt habe. Leider bin ich nicht im Urlaub mit meiner besten Freundin, so wie es eigentlich von uns geplant war. Sie hat im letzten Moment abgesagt und so bin ich eben in den Familienurlaub meiner Schwester mitgekommen. Allerdings bereue ich diese Entscheidung bereits. Familienurlaub ist nicht so mein Ding, seitdem ich wieder Single bin. Natürlich habe ich mich weich klopfen lassen. Ich bin fast 30 Jahre und frisch getrennt. Ende diesen Jahres werde ich nach Köln umziehen, weit weg von der Familie und vor allem weit weg von meinem Ex-Freund.

»Lara, kommst du jetzt endlich oder brauchst du eine schriftli-
che Einladung?«, fragte meine Schwester.
Wieder bin ich so in meinen Gedanken versunken, dass ich die
Frage nicht verstanden habe. Dennoch stehe ich mürrisch auf und
werfe einen letzten sehnsüchtigen Blick zu den Volleyballspielern.
Ich sehe auf meine Uhr und bemerke, dass es Mittagszeit ist.
Vermutlich wollen sie essen gehen. Der Mann meiner Schwester
räumt bereits die Handtücher und das Sandspielzeug der Zwil-
linge zusammen. Eigentlich habe ich gar keinen Hunger. Wenn
meine beste Freundin Sophie hier wäre, würden wir das Mittag-
essen einfach ausfallen lassen und hier am Strand Spaß haben.

»Guck mal, sie geht!« David stößt mir seinen Ellbogen in die
Rippen und deutet auf die Frau, die zusammen mit ihrer Familie
nur ein paar Meter weiter gesessen hat. Ich drehe mich zu ihr
um und sehe, wie ihre Begleitung sich zum Gehen wendet und
sie ihnen langsam folgt.
»Mensch, David, die seh ich wohl nie wieder«, sage ich be-
drückt. Doch David wäre nicht er selbst, wenn ihm nicht eine
vollkommen dumme Idee einfallen würde. Er nimmt den Volleyball aus meinen Händen, wirft ihn und trifft die Frau direkt am
Kopf. Sie schreit auf und hält sich die Stelle, an der der Ball sie
getroffen hat. Ich gebe David einen Schlag auf den Hinterkopf
und schreie ihn an: »Sag mal, spinnst du?« Er sieht mich nur
grinsend an und ich laufe los, um mich zu entschuldigen.

So hatte ich mir das mit »dem Ball in meine Richtung fliegen«
nicht vorgestellt. Meine Schwester sieht aus einiger Entfernung

breit grinsend zu mir zurück und amüsiert sich köstlich. Schlecht gelaunt hebe ich das Ungetüm von Ball auf und drehe mich um, um es zurückzuwerfen. Doch plötzlich pralle ich gegen etwas, was ziemlich hart ist. Es ist ein braun gebrannter, muskulöser Männerkörper und vor mir steht einer der Kerle, die ich eben noch beobachtet habe und lächelt mich entschuldigend an.

»Alles okay bei dir?« Ich kann nur nicken und starre ihn weiter an. Oh je, jetzt komm mal wieder zu dir!

»Tut mir echt leid. Ich bin übrigens Alex.«

»Ist schon okay«, erwidere ich und füge nach einer Weile noch hinzu: »Ich heiße Lara«, und strecke Alex den Ball entgegen, der ihn dankend annimmt.

»Hast du vielleicht Lust mitzuspielen?«, fragt Alex mich. Ich drehe mich zu meiner Schwester, die uns neugierig beobachtet.

»Sorry, das wird nichts. Wir wollen gerade essen gehen, aber vielleicht sieht man sich heute Abend?« Noch während ich das sage, krame ich einen Stift aus meiner Handtasche und kritzel ihm meine Handynummer auf die Hand, das wollte ich immer schon mal machen. »Ruf mich doch an.« Mit diesen Worten mache ich auf den Absatz kehrt und laufe zu meiner Schwester und ihrer Familie.

Ihre forschenden Blicke und löchernden Fragen ignoriere ich einfach.

Ein paar Stunden später sitzen David und ich an der Hotelbar. Als Lara mir ihre Nummer auf die Hand geschrieben hat, war ich so perplex, dass ich gar nichts mehr sagen konnte, bevor sie weg war.

»Soll ich sie anrufen?«, frage ich David.

»Das hat sie doch gesagt«, erwidert er leicht genervt. Ich kann schon seit Stunden über nichts anderes mehr reden und David hat langsam die Nase voll. Schließlich fasse ich mir doch noch ein Herz und tippe die Nummer ins Handy. Während der Wählton erklingt, stehe ich auf und entferne mich einige Schritte von der Bar. Es braucht eine Weile, bevor sie ans Telefon geht.

Mein Handy klingelt. Das Display zeigt eine unbekannte Nummer. Das muss er sein, denke ich und überlege, wie ich mich melden soll.

Meine Schwester ist mit ihrer Familie im Club des Hotels. Mit der Begründung mich nicht wohl zu fühlen, habe ich mich in mein Zimmer verzogen. Sie muss ja nicht alles wissen, obwohl sie sicher ahnt, dass ich gelogen habe.

Ich begreife, dass ich nicht länger warten kann und nehme ab. Es ist Alex. Nach kurzem Hin und Her lädt er mich in eine Strandbar ein. Ohne lange zu überlegen stimme ich zu, in einer Viertelstunde da zu sein. Zum Glück habe ich mich vorher schon fertig gemacht. Ein kurzer Blick in den Spiegel, dann schnappe ich mir meine Tasche und schleiche aus dem Hotel.

Alex wartet bereits an der Bar, als ich komme. Dabei bin ich viel zu früh. Lächelnd begrüßen wir uns. Nach kurzem verlegenem Schweigen muss ich kurz über mich selber lachen, denn normalerweise bin ich nicht so schüchtern.

»Vielleicht sollten wir erst einmal etwas trinken?«, frage ich vorsichtig. Alex stimmt mir sofort zu und bestellt uns zwei Cocktails.

Ich beobachte Lara, wie sie mit ihrem Strohhalm spielt. Ab und zu lächelt sie mich an. Bis jetzt haben wir noch nicht viel geredet. Ich bin ihr gegenüber ziemlich schüchtern und kann es mir selbst nicht erklären. Sonst habe ich keine Probleme auf Frauen zuzugehen. Nach ein paar weiteren Minuten voller Schweigen halte ich es nicht mehr aus und versuche ein Gespräch in Gang zu bringen. Wir reden über den Urlaub. Sie erzählt mir, dass sie mit ihrer Schwester und deren Familie hier ist und ich erzähle von meinen Freunden. Das Eis scheint gebrochen und wir verstehen uns richtig gut. Als wir unsere Cocktails ausgetrunken haben, schlage ich ihr einen Spaziergang am Strand vor. Es ist eine sternenklare Nacht und Lara erzählt mir eine Geschichte von ihren Nichten. Dabei habe ich Gelegenheit, sie von der Seite zu beobachten. Weil ich sie wirklich süß finde, berühre ich sanft ihre Hand und nehme sie in meine.

Lara hält kurz inne und lächelt mich an. Wir setzen uns in den warmen Sand und ich lege einen Arm um ihre Schulter. Eine Weile sitzen wir so da und sehen uns den Sternenhimmel an. Sie sieht zu mir und mein Blick wandert zu ihren Lippen. Mit meinen Zeigefinger berühre ich sie leicht, sie zuckt nicht zurück. Ich nehme meinen ganzen Mut zusammen und küsse sie. Es ist ein wunderschöner Kuss. Ich fühle mich so wohl und vergesse alles um mich herum.

Als es allmählich kühler wird, gehen wir händchenhaltend zurück in die Bar. Dort wird gerade ein Lied gespielt, bei dem Lara ganz aus dem Häuschen gerät.

»Das ist mein Lieblingslied«, ruft sie strahlend über den Lärm hinweg, steht auf und geht in Richtung Tanzfläche. Dabei wirft sie mir einen erwartungsvollen Blick über die Schulter zu. Wie sexy sie aussieht, denke ich. Rhythmisch bewegt sie sich zur Musik und ich starre sie wie gebannt an. Um mich herum nehme ich nichts mehr wahr, weil ich nur noch Augen für Lara habe. Sie ist völlig in ihren Tanz versunken. Gerade will ich aufstehen und zu ihr gehen, da klingelt mein Handy. Es ist David, ein Notfall, ich soll sofort kommen. Ich sehe zu Lara. Sie ist in der Menge verschwunden. Nach kurzem erfolglosen Suchen gebe ich auf und hinterlasse an der Bar eine Nachricht für sie.

Alex war am Telefonieren. Ich wollte ihn nicht stören, also bin ich mich schnell frisch machen gegangen. Als ich wiederkomme, ist er weg. Ich sehe mich suchend nach ihm um, kann ihn aber nicht finden. So langsam werde ich wütend und nach einer halben Stunde vergeblichen Wartens mache ich mich traurig auf den Weg zurück ins Hotel. Dass ich auch immer wieder auf solche Typen reinfallen muss. Wahrscheinlich hat er eine hübschere Frau gefunden und ist mit der schon auf ihrem Hotelzimmer ver-schwunden. Als ich ins Zimmer komme, wartet meine Schwester schon auf mich. Ich schließe kurz die Augen und schüttel den Kopf, als Zeichen, dass ich nicht reden will.
»Oh Süße!« Meine Schwester versteht sofort und nimmt mich in den Arm.
»Ich bin doch total bekloppt, wegen dem zu heulen. Ich kenne ihn gerade einmal ein paar Stunden!«
»Das ist doch vollkommen okay. Lass es raus.«

Meine Schwester tröstet mich die ganze Nacht und weicht nicht von meiner Seite.

Alex versucht mich anzurufen, doch ich bin echt sauer und drücke ihn einfach weg.

Zurück aus dem Urlaub bereite ich mich auf meinen ersten Arbeitstag im neuen Job vor. Als ich vor dem hohen Gebäude stehe, atme ich nochmal tief durch, bevor ich reingehe.

Mit festen Schritten betrete ich den Empfangsraum, wo Julia, die mich einweisen soll, bereits auf mich wartet. »Du musst Lara sein«, begrüßt sie mich freudestrahlend.

Nach einem Rundgang durch alle Abteilungen und meiner Einweisung in den Arbeitsplatz ist es bereits Mittag.

»Hast du Lust, mit mir Essen zu gehen?«, fragt Julia mich. »Hier in der Nähe ist ein kleines Restaurant, da gehe ich immer hin und treffe mich mit ein paar Freunden.«

»Ja, da komme ich gerne mit«, stimme ich ihrem Angebot dankbar zu. Ich bin erst seit zwei Wochen in Köln und kenne noch niemanden. Es ist sicher schön, mal wieder unter Leute zu kommen, denke ich.

In dem Restaurant wird Julia bereits von einer kleinen Runde erwartet. Ich werde sofort freundlich in die Gruppe aufgenommen. »Mein Bruder kommt dann auch noch. Er ist derzeit ein bisschen mürrisch, aber mach dir nichts draus. Das ist sein Liebeskummer«, erzählt Julia zwinkernd. In diesem Moment betritt ein Mann das Restaurant. Ich drehe mich um und erstarre mitten in der Bewegung.

»Lara!« Alex strahlt mich an.

»Ihr kennt euch?«, fragt Julia. Ich nicke und lächle Alex glücklich an. Die nächsten Monate in Köln sollten die schönsten meines Lebens werden.

Sabine Kuchler

Scharfe Teile

»Ja, der ist es«, dachte ich, kniff die Augen etwas zusammen und hielt den mit roten Tupfen übersäten Bikini auf dem Bügel vor mich hin, um ihn zu begutachten. So ganz scharf sah ich es nicht. Waren es Tupfen oder Rosen? Egal, ein super sexy Teil.

Der Sommerurlaub begann in 3 Tagen, und ich sah mich in Gedanken bereits in diesem heißen Zweiteiler auf einer Luftmatratze am Strand von St. Tropez. Ich sah bewundernde Blicke auf meine 1,10 m langen, nicht enden wollenden Beine, meinen durchtrainierten Körper von 1,82 und einige Männer, die bei dem Anblick dieses Alabasterkörpers das Luftholen beim Schwimmen vergaßen und fast dabei ertranken. Und natürlich Frauen, die wütend ihre Männer ansahen und Gift verspritzten. Was für ein Farbkontrast, was für ein Bild, vor allem was für ein Sexappeal!

Meine Gedanken lösten sich von meinem Hofkino in HD-Qualität und suchten nach dem Preisschild des Bikinis. Aufgrund der indirekten Beleuchtung sah ich nur vage den Preis. Müssen die das denn so klein drucken!

Warum kostet eigentlich ein Hauch von Nichts immer fast doppelt so viel wie ein gestrickter Pulli mit einem halben Schaf in der Wolle? Egal, ich konnte es mir leisten, sowohl von der Figur her als auch vom Urlaubsgeld, denn das war gerade auf einem Bankkonto eingegangen.

»Ach, der ist ja auch sexy«, dachte ich, während meine Augen noch einen weiteren Bikini entdeckten und ich mit beiden Teilen in der Umkleidekabine verschwinden wollte.

Allerdings fiel mir dann ein, dass ich nicht nur einen Bikini brauchte, sondern auch noch einen Badeanzug. Denn wenn ich in dem Pool meines 5 Sterne Hotels vom 1 m-Brett sprang, wollte ich nicht wie im letzten Jahr in die Verlegenheit kommen, dass meine Bikinihose früher an der Wasseroberfläche auftauchte als ich. Zufällig waren an diesem besagten Tag zahllose freiwillige Helfer im Wasser, die sich quasi darum rissen, meine Bikinihose vor dem Untergang zu retten. Ein Badeanzug als Zweitausstattung war also Pflicht.

»Badebekleidung nur in Unterwäsche anprobieren«, entzifferte ich blinzelnd auf einem der Etiketten, die am Bikini baumelten. Auch mit Skiunterwäsche?

Als ich das erste Bikini-Oberteil vom Bügel nahm, hatte ich gefühlte tausend Fäden in der Hand. Äh … wo war hier oben, vorne, hinten? Entweder würde ich mir beim Anziehen der verknüpften Fäden die Schulter ausrenken oder mich erdrosseln. Ich sah schon die Schlagzeile vor mir: »Tod in der Umkleidekabine. Ein erotischer Traum nahm ihr das Leben.«

Nach 3 Minuten hatte ich es geschafft und stand jetzt vorm

Spiegel. Was ich dort sah, lässt sich so beschreiben: Ein aus zwei winzigen gepolsterten Stoffecken bestehendes Bikinioberteil, aufliegend auf einem schwarzen ebenfalls gepolsterten Spitzen-BH. Darunter mein schwarzes Spitzen-Höschen, auf dem sich eine rot getupfte Kordel befand, die sich längs durch den Schritt nach hinten zog. Gott war ich grad froh, dass ich Unterwäsche darunter trug, denn hinten war nämlich vorne. Im Spiegel sah ich ein rot getupftes Dreieck auf meinem Hinterteil. Ich hatte den Tanga verkehrt herum angezogen

Schnell zog ich mich um und nun saß zwar der Tanga richtig, aber durch diese blöde Unterwäsche konnte ich nicht erkennen, wie es eigentlich aussehen sollte. Ich raffte den Stoff meines schwarzen Spitzen-Höschens zusammen und hielt ihn so, dass er ungefähr der Form des Tangas entsprach. Irgendwie sah ich verschwommen und ging näher an den Spiegel heran. »AAAAHHHH … WANN ist DAS denn passiert«, kam es kreischend über meine Lippen. In der Nachbarkabine hörte ich ein Kichern, ein Mann auf dem Flur außerhalb der Kabinen rief: »Schatz, hast du was gesagt?« Eine Kabine weiter war ich bemüht, Fassung zu bewahren.

Kalorien sind doch bekanntlich die Tierchen, die nachts die Kleidung enger nähen. Aber wo bitte kommt Orangenhaut am Po her … quasi über Nacht? Zuhause war das noch nicht! Ich war total fassungslos.
Meine Mutter hat früher bei jeder Schramme zu mir gesagt: »Wenn du verheiratet bist, ist alles wieder gut.«

Na toll. Ich bin nicht verheiratet und es wird trotzdem schlimmer!
Statt Schrammen jetzt Dellen. Ist das der Fluch der Singles?
Auf in die Zwangsheirat und es verschwindet alles auf einmal?
Arbeitet der Spiegelhersteller der Kaufhäuser mit dem Standes-
amt zusammen? Wer Single ist, hat Cellulitis? Ich riss mir diesen
Strippen-Bikini vom Leib und wollte eigentlich gar nichts mehr
anprobieren. Aber da war doch dieser Traum von St. Tropez,
Sonne, heiße Typen, Wasser …

Notfallplan. Bestimmt konnte ich den Flug umbuchen nach Bra-
silien.
Dort laufen fast alle Frauen am Strand mit solchen Tangas und
halb entblößtem Hinterteilen mit Dellen rum. Das ist dort völlig
normal. Manchmal muss man nur das Gute im Schlechten sehen
und sich die richtige Umgebung für sein Problem suchen.

Jetzt kam erst einmal Bikini Nr. 2 an die Reihe. Hellgrün mit Zier-
nähten. Das Unterteil hatte eigentlich die Form meines Spitzen-
Hipsters. Knackig, kurz, machte bestimmt einen erotischen Po.
Dachte ich zumindest …
Als ich mich in den Bikini gezwängt hatte, stand eine Mischung
aus Brigitte Nielsen und Angela Merkel vor mir. Die Hose war in
Rippenhöhe, also genau das Modell, um zu rufen »Du Schatz,
die Hose kneift so unter den Achseln, hast du wohl etwas Wund-
salbe dabei?«
Das Oberteil war riesig. Ein sehr groß ausgeformtes Körb-
chen, bei dem man eigentlich nur erahnen konnte, ob ich das
Oberteil trug, weil ich noch zusätzlich eine Waffe verstecken

wollte oder ob es sich hier um einen Oberkörper-Verband handelte.

Unfassbar diese Mode, und das in Kleidergröße 38. Solche vorgeformten Körbchen, die in der Luft abstehen, als ob man noch zwei Apfelsinen reinpacken könnte, sind höchstens als Polster bei Demos zu gebrauchen, aber nicht am Strand von St. Tropez! Seufz, da blieb wohl nur noch der Badeanzug. Schwarz, mit Straß und einem verführerisch tiefen Ausschnitt. Der Beinausschnitt war so hochgezogen, dass man damit auch jede zu kleingeratene 1,63 Frau auf mindestens optisch wirkende 1,80 strecken konnte.

Beim Einsteigen in den Badeanzug merkte ich schon, dass es ziemlich eng wurde. Wow, der sorgte aber für gute Durchblutung. Endlich über das Hinterteil gezerrt und das noch mit der Unterwäsche drunter. Uff … jetzt über die Hüften. Kaum hatte ich diese Hürde geschafft, rollte sich der Slip von innen nach unten und warf durch den Badeanzug eine hässliche Rolle. Also Badeanzug wieder runter, Slip hoch, festhalten, Badeanzug mit einer Hand hoch. Puh, der Stoff kostet Kraft, aber ist bestimmt ein Schwimmgefühl wie in einer zweiten Haut.

Ich zerrte den Stoff des Badeanzuges höher und nach einem Blick abwärts fragte ich mich, ob der Badeanzug verschnitten war. Ich wollte den ersten Träger über meine Schultern ziehen, dabei spannte es ziemlich im Schritt. Also beugte ich mich etwas vor und zog in dieser Haltung die Träger über die Schulter. Beim Aufrichten hatte ich das Gefühl, als wäre ich ein Flitzebogen. Völlig gespannt und frei zum Abschuss. Bloß nicht atmen. Der Stoff am Po begab sich jetzt in eine Richtung, die sich nicht gut anfühlte. Statt den Po zu verdecken zog sich der Stoff eher in die mittlere Richtung. Ich bin mir sicher, dass ich keinen Tanga-Badeanzug erwischt hatte. Hinter dem schmalen schwarzen Stoffstreifen im oberen Bereich versuchte ich meine Oberweite anzuordnen. Bis mir klar wurde, da gab es nichts zu ordnen: Freier Blick ins flache Tal.

Endlich stand ich kerzengrade und strahlte mein Spiegelbild an. Na gut, dachte ich, die Einschnitte, die der Trägerstoff grad auf meiner Schulter hinterließ, würden sicherlich bald verheilen. Ich zippelte hinten am Stoff und versuchte den Po damit zu überdecken. Der Stoff reichte nicht. Also diese 38er Größen werden auch immer windschnittiger hergestellt, das sollte man den Designern mal sagen. Ich drehte und wendete mich vor dem Spiegel. Wenn bloß nicht das Atmen so schwer fallen würde.

Im Spiegel sah ich eher unscharf eine schwarze Birne mit Rettungsreifen, als eine sexy Badenixe im Designer Teil. Was sollte dieser schnittige Traum für St. Tropez denn kosten? Das Preisschild baumelte hinten am Rücken.

Ich hob den Arm, um über meinem Kopf nach dem Preisschild zu greifen, da machte es leise … krrrssscht. Der Badeanzug hatte nun noch mehr Ausschnitt, aber im Querformat, denn er war direkt unter dem Bauchnabel gerissen.

Völlig erstarrt sah ich mich im Spiegel an. Das konnte doch nicht sein. Ist denn die Mode völlig verrückt und schneidert mit unmöglichem Material? Und das bei dem Preis? Kopfschüttelnd zog ich den Badeanzug aus. Wenn ich ihn jetzt still und leise zurückhängen würde, könnte man ihn glatt als modischen Dreiteiler verkaufen.

»Erotisch, wild und ungezähmt. Spüren Sie die Leidenschaft und ihre wilde Lust.«

Gedankenverloren in Werbeslogans für Badebekleidung versunken, verließ ich die Umkleidekabine und gab der wartenden Verkäuferin die Teile in die Hand.

»Soll ich Ihnen den Badeanzug besser in Größe 38 bringen, statt der 34 hier?«, fragte sie mich. Entsetzt sah ich die Verkäuferin an. Wie? 34? Der Badeanzug von eben? Ich hielt immer noch das riesige Angela Merkel Modell in der Hand. Was für eine Größe war das? Ich griff nach dem Etikett und hielt es mir so dicht wie möglich vor die Nase. Ich sah eine verschwommene Größe 38, oder ... nein war das etwa Größe 48? Oder war das der Preis? Nachdenklich ging ich in Richtung Ausgang, der Bikinikauf musste warten.

Mit dem Glaubenssatz: wenn ich verheiratet bin, wird alles wieder gut, führte mich mein nächster Weg direkt gegenüber zum Optiker. Wenigstens wollte ich deutlich sehen, welches scharfe Teil ich in St. Tropez vor den Traualtar zerrte.